夏井いつきの日々《ひび》是《これ》「肯《こう》」日《じつ》

俳句・文　夏井いつき

清流出版

はじめに

子どもの頃の愛読書の一つにエレナ・ポーター作『少女パレアナ』がありました。気むずかしい叔母さんに引き取られた孤児パレアナ。亡き父から教えられた「喜びの遊び」（どんな状況であっても喜べることを探す遊び）は、パレアナの新しい苦難を切り開いていきます。やがて、その遊びは町の人たちの心を和らげ、叔母さんの人生も変えていくのです。

「よかった探し」「何でも喜ぶゲーム」とも訳される「喜びの遊び」ですが、私が俳句と出会い、俳句によって生活を楽しみ、俳句によって人生を支えられる経験をした時、嗚呼《ああ》、俳句も「喜びの遊び」だったのだと強く思ったのです。

私たちは、喜びと哀しみの波間に生きています。嵐のような怒りに苛《さいな》まれる時、真っ暗な森に迷うかのような悩みに押し潰される時もあります。辛いことがある時、苦しい状況に喘《あえ》いでいる時、何でも喜ぶゲームなんてできるはずがない。喜べなんて、冗談じゃない。誰だってそう思います。

心が内へ内へ向き始めると、自分を卑下したり、周りの人を非難したり、社会を恨んだりします。心には、負の感情ばかりが溜まって、哀しみや憤《いきどお》りの沼に自分自身が足を取られてしまう、沈んでしまう。心が、息できなくなってしまうのです。

が、そんな生きづらい日々の中にも、小さな喜びがある。俳句は、その見つけ方を教えてくれます。この本は、俳句と共に生きる私の「喜びの遊び」を綴ったものです。人生に起こる出来事を、是は是とし、非は非として受け入れる。全ては俳句のタネだと腹を括《くく》る。そこから新しいものの見方が生まれてくるのだと、身をもって信じております。

本書は、俳句と写真と文章で構成されておりますが、三つを一体の作品として味わっていただけたら幸いです。そしてこの一冊が、皆さんにとって、俳句のある人生への扉を開くものとなればこんなに嬉しいことはありません。

夏井いつき

目次

秋

冬

SPRING

春

第八十五福一丸

船体はひかりの壁だ春立つ日

季節を先取る俳句

俳句の世界では常に季節を先取りする。立春は二月四日前後。気象予報士が「明日は立春」といえば、鞄に入れてある歳時記を冬の巻から春の巻に入れ替える。翌朝から、心は春。冷たい風の中に春の匂いを探し、暗い雲の向こうに春のひかりを見い出す。

俳句をやらない友人の一人は「そんなことを言われても、二月の上旬なんてメチャクチャ寒いし、春の気分になんてなれないよ」と反論してくる。確かにその気持ちはわかるが、立春を迎えた後の寒さもまた季語。「春寒」と書いて「はるさむ」と読み「しゅんかん」とも読む。訓読みの感触と音読みの感覚の違いを味わうのも季語と暮らす喜びだ。

旅から旅の移動の間に、思いがけぬ一日の休みが出来る。神戸のホテルからは港が見える。夫と二人、句帳を手に吟行《ぎんこう》という名の散歩に出る。巨大客船が接岸している。真っ白な船腹が眩しい。やがてくる春の匂いに鼻をぴくぴくさせるのもまた楽しい朝である。

季語を味わう

春立つ／時候●初春

「立春」の傍題《ぼうだい》（付属的季語）。他に「春来る」「春さる」「立春大吉」。

二十四節気の一つで、節分の翌日。寒さの中での光の強まりにいちはやく春を感じるようになる。厳しい寒さはまだ残っているが、梅の花もほころび始める。

春の鳥来ればもてなす用意あり

忘却のもたらす感動

植物にやたら詳しい俳句仲間がいると吟行が楽しい。「これ何？」と聞けばすぐに「節分草《せつぶんそう》です」と答えてくれる。「へえ～これが節分草かあ！」としげしげ眺めていると、「いつきさん、去年も節分草見て同じこと言いましたよ」と突っ込まれるが、気にしない。

鳥のことなら何でも知ってる句友も貴重だ。「今年もナベヅルが来ましたよ」と吟行のお誘いメールをくれる。一緒に歩けば「チョットコーイと鳴くのは小綬鶏《こじゅけい》」と教えてくれる。「あの口笛みたいな鳥は？」と聞くと「鷽《うそ》です。この鳥の鳴き声は覚えた！　って、前回の吟行で言い切ってたのは誰でしたっけ？」と揶揄《からか》われるが、全く意に介さない。毎年毎年、忘却による新たな感動を手に入れられる己の特性を、心から自讃する。

我が家のベランダの手すりに時折、可愛い鳥が来る。鳥の種類が分からなくても大丈夫だ。「春の鳥」という美しい季語を堪能する。春の暦が動き出す、明るい朝の一コマだ。

季語を味わう

春の鳥／動物●三春

「春禽《しゅんきん》」は傍題。

鳥の繁殖期である春は、営巣や渡りなど、鳥の活動する姿が目につくようになる。鳴き声にも変化が起こり、求愛や縄張りを知らせる「囀《さえずり》」も賑やかになる。換羽《かんう》して美しく装う鳥も多くなる。

おむすび山わらえば腰折山笑う

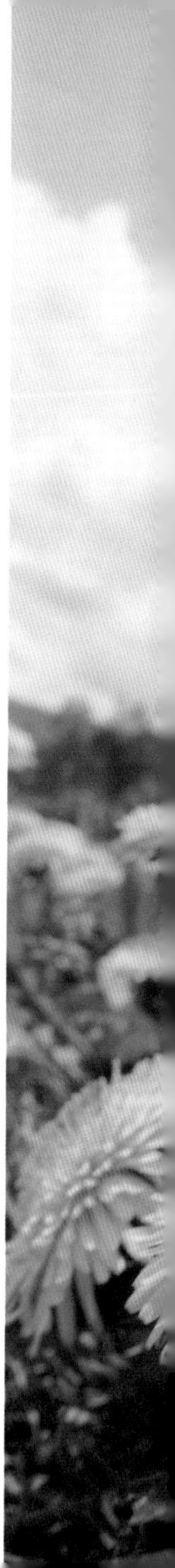

ほのぼの笑う祖父と祖母

イマドキは爺さん婆さんを「じいじ、ばあば」と可愛く呼ぶのが流行っているようだが、我が家では「祖父、祖母」と呼ばせている。

もうすぐ四歳になる孫が、「祖父祖母、みにきてね」とお手紙を届けてくれた。「ファンファンデーのお誘い」とある。どうもお遊戯会らしい。「おむすびころりん」の劇もするという。「風邪でお休みしてるあいだに、意地悪おじいさんの役になってた」と孫はしょげている。いやいや、それは準主役だと慰める。絶対に観に行くと約束する。

ファンファンデー当日、「おむすびころりん」の幕が開く。準主役の登場を待ち構えていると、なんと舞台には「優しいおじいさん」「ニコニコおじいさん」、そして意地悪なおじいさんならぬ「イタズラおじいさん」が、六、七人ずつ出てきて声を揃えて可愛い台詞をいう。なるほど、これがイマドキのファンファンデーかと、祖父祖母はほのぼのと笑う。爺さん婆さんだらけの舞台に拍手を送る。

季語を味わう

山笑う／地理●三春

「笑う山」は傍題。

草木が芽吹き、花が咲き、鳥が囀る「春の山」を擬人化して「山笑う」といった。同様の、夏の山「山滴る」、秋の山「山粧う」、冬の山「山眠る」の擬人化も、全て中国の画家郭熙《かくき》の言が元になったと言われる。

設問1春の野菜を三つあげよ

伊月庵の御庭番

我が伊月庵《いげつあん》には御庭番がいる。俳句集団「いつき組」組員の烏天狗《からすてんぐ》くんが、その役目をかってでてくれたのだ。御庭番といっても隠密ではない。ウッドデッキの桜、玄関脇の椿のめんどうをみてくれる文字通りの御庭番だ。

驚いたことに、かの御庭番は、伊月庵裏にある社員寮の更に裏の狭い空き地を、畑に変えてしまった。栽培用の土を運び入れ、石や瓦で区画を作り、坪庭の如き趣きの畑を、たった二日で作り上げたのには仰天した。

春菊、からし菜、サニーレタス、イタリアンパセリ、ロケット、韮《にら》。一つずつ名前を唱えるだけでも楽しい。三ツ葉は、根のところから新しい緑が湧き出している。大好きなスナップえんどうが蔓を伸ばし始めた。もうすぐ菠薐草《ほうれんそう》も収穫できる。出来た野菜は、夏井&カンパニーのランチに使われる。調理師の資格をもつ義妹さっちゃんが、得意の腕を振るってくれる。なんと贅沢なサラ飯。社員皆で囲む食卓は、今日も相変わらず賑やかだ。

季語を味わう **春の野菜**／植物・三春

歳時記に「春の野菜」の項目はないが、春に食す野菜の全般をさす。

春の歳時記には、「菠薐草」「水菜」「春大根」「アスパラガス」「春菊」「韮」「分葱《わけぎ》」などが掲載されている。新鮮な色・香・味から春の気配が感じられる。

野菊さんへ春の紙飛行機とどけ

HERE

日々が色を失わないために

句会仲間の野菊さんは、日々の出来事を素朴な手触りで詠む蜜柑農家のおばあちゃんだ。仲間の句をいつも「こんな句は私には詠めんので感心しますのよ」と誉めてくれる。野菊さんに誉められると皆、なんだかほのぼのと嬉しくなる。そんな野菊さんから手紙が届いた。「視力が悪くなり、眼鏡の拡大鏡もほしい有様で、体に合わせての動きを考えた時、句会引退の時が来たと決意しました」

私はいつも皆さんに「季語の現場に立ちましょう」と勧めるが、いつか外に出るのが難しくなる日は誰にでもやって来る。病気・怪我・介護など様々な事情を抱えた人たちがいる。そんな人たちへ、家の中にも俳句のタネは沢山あるよと伝えたくて

『おウチde俳句』（朝日出版社）という本を書いた。リビングや台所や寝室にもある俳句のタネ。それを見つけるための小さなコツ。俳句は逃げないよと、野菊さんにもこの本を贈ろう。日々が色を失わないためにも、俳句を続けて欲しいから。

季語を味わう

春／時候●三春

「青春」「芳春」「陽春」「三春」「九春」など傍題は多い。

立春（二月四日頃）から立夏（五月六日頃）の前日までの三ヶ月間を指す。冬の寒さから解放され活動を再開し、植物も生育が活発になり、大気に陽気がみなぎる季節。

桃の日の解けばちから失せる紐

記憶の中の桃の日

愛媛県西南部の漁村に生まれた私の、初めての雛祭りの写真が今も残っている。六十年以上前の写真だ。

離れの座敷いっぱいに設えられた箱庭のような雛飾りは、器用な祖父が何日もかけて作った座敷雛《ざしきびな》だ。自慢の座敷雛の前で、祖父は誇らしげな笑顔を浮かべ、初孫の私を抱いている。

二年後に妹が生まれ、祖父の作る座敷雛は、私が小学校に上がるまで毎年続いた。家に伝わるお雛様に加え、大きな市松人形が必ず飾られた。私の身長ぐらいある市松人形は、たぶん高価なものだったのだろうが、実に怖かった。切れ長の目の奥の黒目が特に怖かった。余りに怖がるものだから、歳の近い叔母は「言うこときかん子は、いちまさんに言い付けてやる」と、よく私や妹を脅した。お雛様を片付ける日、「いちまさん」も大きな箱に仕舞われた。桐箱が閉じられ紫の紐が固く結ばれると、子ども心にホッとした。

「桃の日」の麗しい童心の恐怖がこんな一句となったのは、三十数年後の雛の日のことである。

季語を味わう

桃の日／人事●仲春・晩春

「桃の節句」の傍題。他に「三月節句」「弥生の節句」「雛の節句」「桃花の節」。現代の「雛祭」とほぼ同じ。陽暦三月三日に、女の子の幸せを祈って行われることが多いが、陰暦にあわせると桃の時期となる。

わかき桜とうら若き月匂ふ

伊月庵の若桜
初めての春

道後《どうご》湯月《ゆづき》町の上人坂《しょうにんざか》。その突き当たりにあるのが宝厳寺《ほうごんじ》。そこから二軒下に我が伊月庵《いげつあん》がある。小さな句会場にしてはちょっと贅沢なウッドデッキがあり、その一角に桜の若木が植えられている。若木にとって初めてとなる伊月庵の春。花は咲いてくれるのだろうかと、今から心が漫《そぞ》ろである。

世の中にたえて桜のなかりせば春の心はのどけからまし
在原業平

桜を愛するあまりに、この世に桜がなかったら春を迎え過ごす私たちの心はどんなにのどかであるか、と詠《うた》う平安時代の歌人。聞くところによると、染井吉野《そめいよしの》は二〇〇年弱の若い品種らしく、業平の時代の桜は山桜。その清楚な品格もまた私たちの心を漫ろにさせる。

我が伊月庵の桜の歴史が始まる今年は、平成が令和という年号に変わる年でもある。

新しい年号とともに歳月を刻んでゆく桜。俳句仲間たちと共に、この若き桜の今年を心に刻んでおきたいと思う、漫ろなる四月である。

季語を味わう

若桜／植物●晩春

「桜」の傍題。「老桜」「朝桜」「夕桜」「夜桜」「桜山」「桜の園」、品種名「染井吉野」もそのまま季語になるなど傍題は多い。

日本人に愛されてきた国花。開花を待ちわび、花盛りを愛で、潔く散る風情を惜しんできた。俳句で「花」といえば、桜を指す。

花は水にふれたく水はゆくりなく

花百句のひと日

花の季節がやってくる。俳句で「花」といえば桜を意味する。万葉集の時代に「花」といえば梅を指していたが、言葉は時代とともに変遷していく。それはまた、季語「花」が持つ歴史と文化の厚みとなっていくのだ。

仲間たちと「花百句」に挑むのは毎年の鍛錬。緋寒桜が咲き始める三月から、染井吉野に続き八重桜が散る四月半ばまで、一人一人が桜の句を百句作る修行だ。中には「まだ百句できてないから」と、五月の連休を利用して北国の桜を観に行く連中もいる。俳人たちは季語の現場に立つという理由を掲げ、旅することを楽しむ。それもまた豊かな好日だ。

私は「花百句」のための一日を決め、その日にほぼ百句作る。

水辺の桜は美しい。花は水に触れたいのではないかと思うぐらい、水のひかりへ枝を差し伸べている。いきなり春の突風。枝が水面に一瞬触れる。水は、ハッと驚いたに違いない。「ゆくりなく」という日本語もまた美しいと思う、花のひと日である。

季語を味わう

花／植物●晩春

「春の花」「花の雲」「花の庭」「花の都」「花盛り」「花便り」「花朧」「花の名残」「花の色」「花の粧」「花月夜」など傍題は多い。

俳句で「花」といえば、桜を指す。「雪」「月」とともに、日本の代表的な季語である。

花びらへ亀浮き上がりくるゆらぎ

花びらと過ぎていく時間

俳句を始めると退屈という言葉が無くなる。例えば、待ち合わせ場所に待ち人が現れない時、渋滞してるとか電車に乗り遅れたとか、その理由さえ分かれば心配する必要もなくなる。となれば「待つ」という中途半端な時間は、格好の吟行となる。「吟行」といっても別に高尚なことをやるわけではない。要は俳句のタネを探す遊びだ。

その日の取材は公園での待ち合わせ。桜の大樹を背景に写真撮影もあるらしい。句帳を片手に桜を見上げる。満開の桜は、ちりりちりりと花びらを落とし始めている。花びらはひかりだ。花びらはゆらぎだ。美しい時間がゆっくりと過ぎていく。

傍らの池の水面は、晩春のひかりをとろんと溜めている。鈍く濁った水面がふと動いた。何ごとかと見つめていると、亀の頭がぷくりと浮かび上がる。水面の花びらも、ふふと揺れる。人待つことも日々是好日。小さな俳句のタネを拾った愉快に、心も跳ねる。

季語を味わう

花片《はなびら》／植物●晩春

「花」の傍題。「花房」「花の姿」「花の香」は同種の傍題。

「花」は「桜」を指すものの、「桜」が植物として肉眼で見た花そのものなのに対して、「花」は、心に映る華やかな姿に重きがおかれる季語で、広がりが感じられる。

SUMMER

夏

抱けば我が胸蹴る赤子夏来る

興味の尽きない句材

「孫俳句は愚の骨頂だ」という主張が俳句の世界にはある。自分の孫は可愛いだろうが、爺馬鹿・婆馬鹿の俳句ほど見苦しいものはない、と世間の俳句の先生たちはおっしゃる。

確かに、句会でよく見るベタベタ孫句は苦笑を誘うしかないものだが、それは作り方に問題があるのであって（苦笑）、孫俳句そのものに罪があるわけではない。

我が孫が生まれた春、こんなに興味の尽きない句材はない！と驚嘆した。以来、無謀にして果敢にも孫を詠み続けている。

十日目の赤子にさくら便りかな
育児日記に記す「菜の花色の糞」

最初の孫が生まれたのは三月。私の住む四国松山は緋寒桜が咲き始める。日々の育児日記に記録されるウンチも恰好の句材だ。

娘には男の子が二人。息子には男の子が一人。そしてこの初夏に生まれた四人目の孫は待望の女の子だ。スープの冷めない距離に住む孫たちとの大わらわの日々もまた、是好日である。

季語を味わう

夏来る／時候・初夏

「立夏」の傍題。他に「夏に入る」「夏立つ」「今朝の夏」。

「立夏」は、二十四節気の一つで、五月六日ごろ。暦の上では、この日から夏になる。実感では夏というにはまだ早いが、暦で定められることで気づくことのできる夏の気配。

突堤の風を立夏と名付けたり

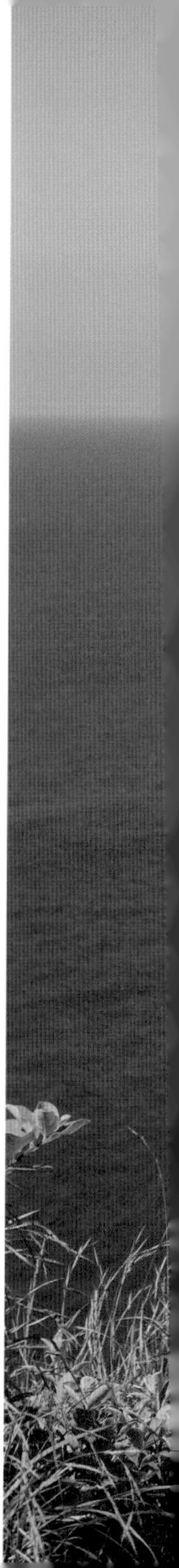

ふるさとの海風

我が故郷はかつて内海村《うちうみむら》と呼ばれた地区。平成の大合併で内海村の名が消えることになった時の村長は、父の友人のジン君だった。

若い頃、ジン君は我が家によく酒を飲みに来た。農協以外に店は一つもない田舎。郵便局長だった父を慕う若い局員たち、学校の先生方、ジン君のように地場産業の真珠養殖に携わる若者たちが、入れ替わり立ち替わりやって来た。今考えると若者塾のような場だったのだろう。

父は静かな人だった。彼らの悩みや議論を聞きながら、嬉しそうにウヰスキーを味わっていた。私はそんな座の片隅で大人たちの話を聞くのが好きな子どもだった。

村長になったジン君は、村の名が無くなることを惜しみ、私に本を一冊作ってくれないかと声をかけてくれた。本の名は『うみいづ』。産出という意味だ。新しい町が生まれることも若者を育てることも、全て「うみいづ」だ。父が亡くなって四十年目の夏がやってくる。故郷の海風は今日も明るい。

季語を味わう

立夏／時候・初夏

「夏に入る」「夏立つ」「今朝の夏」「夏来る」は傍題。

暦の上での「夏」の初めの日であるが、南北に長い日本列島では、夏の到来を実感するには、隔たりがある。春とは違った、若葉のそよぎや陽光などに夏が感じられる。

もう笑う子と母とラベンダーの風

一句から現れる無数の記憶

ある句会ライブの席上、話題になった句。

けさはもう二回おこられ花のあめ

「この句は、今隣に座っている夫の気持ちがまさにこれだと思います」と、最初に口を開いたのは五十代の奥さま。「さっさと動いてくれないので私は今日二回も夫を怒りました」と照れくさそうに笑う。

三十代のママは「うちは小さい息子がいて、まさに毎日これ！」と笑う。「年配の親が子に怒られている可能性も」と鑑賞する人が出てくると、会場には切なそうな溜息が広がる。

俳句を読み解くとは、提示された十七音の言葉から様々に想像を巡らせていく作業。作者にとっての事実は一つだが、読者にとっての鑑賞は無数にある。それを語り合うことは、作品を豊かにしていく作業だ。

全員の多数決により一位となったこの句の作者は、なんと小学一年の女の子。「ピアノとごはんをさっさとできなくてママにしかられたの」とはにかむ。その光る様な笑顔に、会場いっぱい五百人の拍手が鳴りやまない。

季語を味わう

ラベンダー／植物・三夏

地中海沿岸地方原産のシソ科の常緑小低木で、青紫色の花穂をつける。数あるハーブの中でも人気が高く、全体に芳香があり、香料ともなる。香りには鎮静作用があると言われる。北海道富良野のラベンダー畑が有名。

きらきらと鳥を聴く日の泉かな

好奇心に満ちた日々

「百年歳時記」という構想だけは温めてきた。百年後の未来に残したい歳時記とはどんなモノか?

そして思いついたのが、一つの季語に特化した歳時記をシリーズで刊行するアイデア。それがひとまずの形となったのが『夏井いつきの「〇〇」の歳時記』全四冊。代表的な季語「雪」「月」「花」に加えて、夏は「時鳥《ほととぎす》」を扱う。

私も含めて俳人という人種は、嬉々として吟行に出掛けるし、写生だ観察だと言うくせに、案外科学的な情報を知らない。なんとなくの思い込みで作っていることが多い。

時鳥は托卵する鳥だ。自分の卵を鶯《うぐいす》などの巣に産み付け、育てさせる習性がある。時鳥、あくどいぞ! とも思うが、調べてみると時鳥にも事情があったり、抱卵される側も対抗措置を取り始める等、知れば知るほど面白くなる。

俳句のある生活とは、雑学への好奇心に満ちた日々。手に句帳、胸に好奇心を抱え、俳人たちは歩き出す。鳥の声を聴き、泉のひかりを見つめる。きらきらと言葉が溢れ出す。

季語を味わう

泉／地理・三夏

「泉川」「やり水」は傍題。

地下水が地表の裂け目から湧き出し、その水を湛えているもの。山麓、台地の崖、扇状地の末端、窪地などに多く見られる。農作業や登山途中の喉を潤すのに利用されてきた。水の持つ涼感から夏の季語とされる。

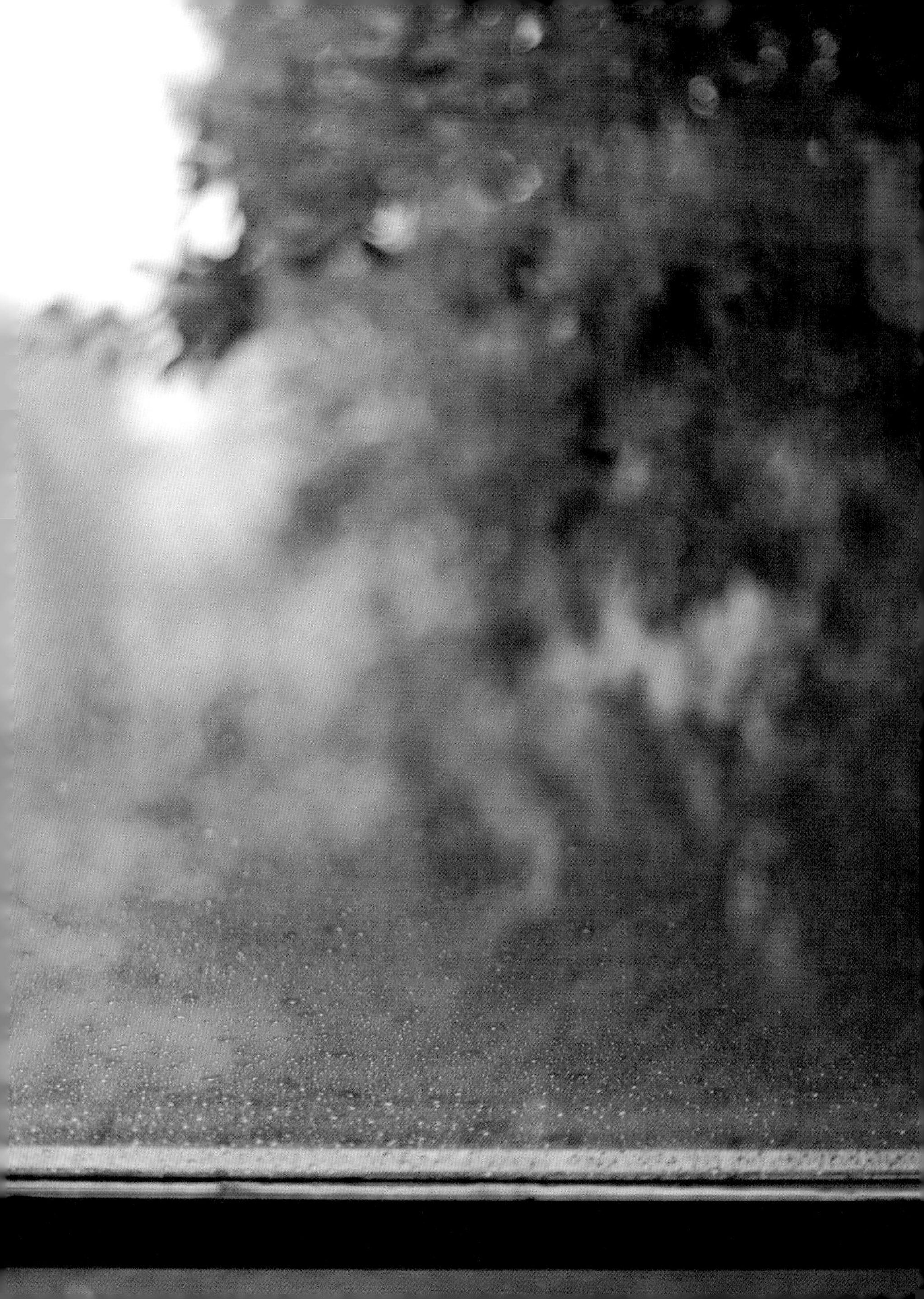

幾百の本を砦に梅雨籠

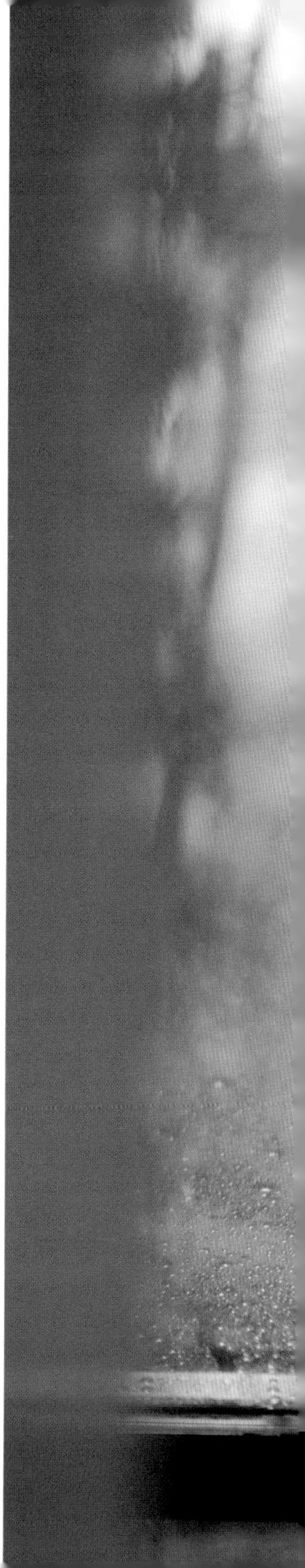

梅雨を過ごす

『ホトトギス雑詠選集』という本がある。高浜虚子《たかはまきょし》が俳誌『ホトトギス』にて選をした俳句をまとめた本なのだが、自在な選による多彩な作品がずらりと並び、驚くやら愉快やら。流石《さすが》は虚子だと感じ入ってしまった。

出歩きや梅雨の戸じまりこれでよし　　高田つや女

俳句ってこれでいいの!?　と、キョトンとする人だっていると思う。でも、一読ふふっと笑ってしまう。「出歩きや」の五音にウキウキした心がこもってるし、「梅雨」だから雨戸もきちんと閉めて、トイレの窓はちゃんと閉まってたかしらなんて、いちいち指さし点検してるみたいで楽しい。そして最後に「これでよし」って声に出してから、颯爽《さっそう》とお出かけするんだろう。

旅の仕事が多い私としては、「出歩きや」どころか、家に籠もっていられる時間が嬉しい。読みかけの本、読みたい本を積み上げ、あとは真昼のハイボール一杯があれば幸せ。

季語を味わう

梅雨／天文・仲夏

「梅雨寒」「梅雨冷」「梅の雨」「梅雨空」「梅雨雲」「梅雨曇」「空梅雨」「早梅雨」など傍題は多い。

六月頃に一ヶ月ほど降り続く長雨。日本特有の湿度を感じさせる季語。時候の季語「入梅」は、暦の上で梅雨に入ったことを示す。

習作としてまつしろな百合ひらく

美しいと思う心

俳句というのは、三歳の子から九十歳百歳まで言葉が話せる限り、同じ土俵で楽しめる稀有《けう》な文芸だ。日本語を学ぶ海外の人たちとだって、句座を共有することができる。

俳句に興味を持ち始めた人たちは「自分なんかがほんとに俳句を作れるのか」と、一様に不安を語る。語彙《ごい》が少ない、感性がない、教養がないと、己の「ない」ことばかり論《あげつら》うが、そんなことは大した問題ではない。

そればかり問い続ける人に私は逆に問う。「貴方は俳句作家として食べていきたいんですか」と。語彙とか感性とか教養とか、そんなものが問われるのはプロになる段階の話だ。人生の豊かさ、生活の中の心のゆとりを求めるという意味で俳句を始めようと思い立ったのならば、日本語が話せ、書ければそれで十分なのだ。語彙も感性も教養も何の問題ではない。

朝の百合がゆっくりと開く。習作のようにおずおずと真っ白に開くさまを美しいと思う。その心があれば、誰でも俳句は作れる。

季語を味わう

百合／植物・初夏

「山百合」「鬼百合」「鉄砲百合」「白百合」「百合の香」など、品種名を含めて傍題は多い。

美しい女性を「立てば芍薬座れば牡丹歩く姿は百合の花」とたとえるように、古来から、優美な香りとその姿が愛でられてきた。

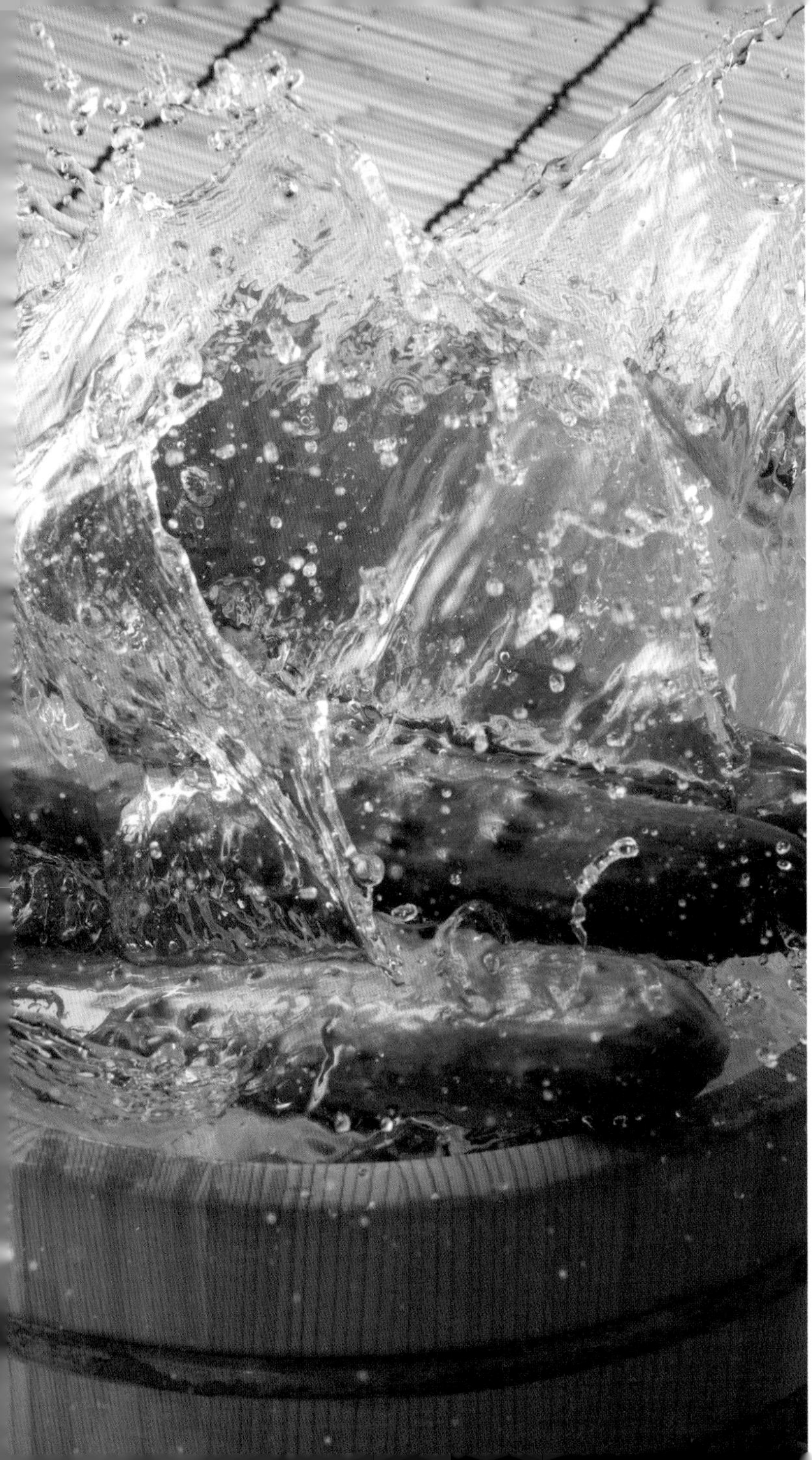

河童の卵みたいな瓜を冷やしけり

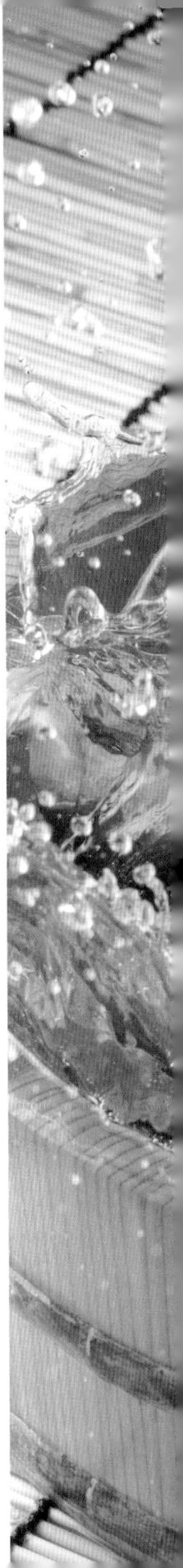

退屈なんてなくなる

「冷し瓜」という季語がある。夏の季語だ。季語「瓜」といえば、甜瓜《まくわうり》に代表されるウリ科の果菜類の総称。調べてみると、原産は北アフリカや中近東地方らしい。この原産地から西へ伝わった品種群がメロンと呼ばれるようになり、東つまり日本の方角へ伝わったものが「瓜」と呼ばれるようになったとのこと。メロンと瓜、なんだか切ないな、瓜。

冷し瓜浮かぬひとつが恐ろしい　　初蒸気

奇奇怪怪にして愉快な句柄を誇るのが、句友初蒸気くん。なんで一個だけ沈んだままなんだ？　という作者の訝《いぶか》しげな表情が見えてくる。「浮かぬひとつ」は中身が腐っているのか、いやいや、それは「瓜」ではなくて「河童の卵」かもしれないぞ！なんてニヤニヤ読んでたら一句できた。まさに他力本願の一句。「瓜」が冷えたと一句、「瓜」が浮いてこないと首をひねって一句、「瓜」が美味いといって、もう一句。俳句のある生活に退屈がなくなるとは、まさにこういうことなのだ。

季語を味わう

瓜／植物・晩夏

「瓜畑」は傍題。「甜瓜」「胡瓜」「越瓜《しろ》」など瓜の仲間の総称。昔は単に「瓜」と言えば「胡瓜」をさした。同じウリ科の「西瓜」は、甘くなるのが立秋（八月七日頃）を過ぎたお盆頃のため、秋の季語とされる。

緑陰のひかりの窓に祈りけり

傍らにある人生の杖

『おウチde俳句』（朝日出版社）は、病気や怪我や介護で思うように外出できない人にも俳句を楽しんでもらいたくて書いた本だ。リビング、台所、寝室、風呂、玄関、トイレで俳句のタネを探すコツを解説している。見つけたタネを材料に、指を折りつつ俳句をヒネる。それがきっと、穏やかな心で過ごせる時間となるはずだと信じての一冊だ。誰だっていつかは自分の足で歩けなくなる日がくる。いつか生きる時間が閉じられるその瞬間まで、人生の杖として俳句を傍らに置いて欲しい。それが私の切なる思いだ。

一枚の葉書が届いた。

「妻が五十五歳で永眠いたしました。足かけ十八年間、癌と闘いました。穏やかに最期を迎えたことが救いとなりました。臨終の枕元に『おウチde俳句』がありました。支えになっていただいてありがとうございました」

私の方こそお礼を伝えたい。俳句が誰かの人生のお役に立てているという事実に感謝を捧げたい。

季語を味わう

緑陰／植物・三夏

「翠《すい》陰」は傍題。

夏の日差しの中、緑の木立の陰をいう。青葉や若葉がつくる陰までが青いようで、木々の隙間からこぼれる日も美しく明るい。「木下闇」が、どこか鬱蒼とした暗さを感じさせるのに対して、「緑陰」は語感も明るい。

蜥蜴走る尾をきんいろの影として

科学に近い文芸

科学と俳句。かけ離れた二つのジャンルに思えるが、文芸の中で俳句は最も科学に近い。

俳句には数学の公式のように型がある。私は数学がからっきしダメだったので、得意な人たちが「この問題にはあの公式が使える」と即座にアタリをつける能力に強い羨望を覚えたものだ。が、俳句もそれに近い所があって、表現したい内容に対して「あの型を使えばいける！」とピンとくる時は、たいてい成功する。さまざまな型を覚え反復練習するところは、算数ドリルの学習にも似ている。

俳句の基本は観察だ。理科研究の観察と全く同じなのだ。「裏の小さな畑の三つ葉が大きくなりすぎて花を咲かせている。芥子粒《けし》のような花は白。風に揺れると薄青《うすあお》を含んでいるようにも見える」「石崖に現れたのは蜥蜴《とかげ》。灰褐色の体を走る青い縞が美しい」。

観察記録を書き付けるかのように句帳を取り出す。いくら眺めても飽きることがない。それもまた科学と俳句の共通点に違いない。

季語を味わう

蜥蜴／動物●三夏

「青蜥蜴」「瑠璃蜥蜴」「縞蜥蜴」は傍題。

庭や野原などでよく見かける、爬虫類の一種。肌は光沢がある暗緑色で、縞模様がある。動作は敏捷で、敵に襲われると長い尾を切り落として逃げるが、切れても再生する。

9001
都電バラ号

苛立てる日よ柔らかき薔薇の棘

いらだちも俳句のタネに

歳をとると気が短くなる。還暦をちょいと過ぎたる我が身。確かに、イライラッとすることが多くなった。咽《のど》に小骨が引っかかったような、小イラが立つとでもいう感じか。

夫との二人三脚、仕事の旅の途上。駅のレストランに飛び込む。早く出てきそうなカレーを注文する。小洒落《こじゃれ》たエプロンを腰のあたりにキリッと巻いたオネエサンが言う。「カレーライスで大丈夫ですか?」。えっ? と小イラが立つ。注文を確認してるのは分かるが「この店のカレーには大丈夫じゃない何かが混入してるのか!?」と問い質《ただ》したくなる。隣にいる夫の眉間に小イラ線（小さな苛立ち線）が立つ。私の眉間にも同じものが現れているに違いない。

が、次の瞬間「カレーライスで大丈夫」は七五だなと思う。隣の夫もそんな表情だ。上五の季語は何がいいかと、条件反射の如《ごと》く脳が勝手に考え始める。ほどなく、大丈夫ですか？　と問われたカレーライスが香り高く運ばれてくる。心静かに美味しく頂く。

季語を味わう　**薔薇**／植物・初夏

「薔薇《そうび》」「しょうび」「花ばら」「西洋薔薇」「薔薇香る」「薔薇散る」「薔薇園」は傍題。

種類も多く、芳香とその姿が世界的にも好まれてきた。切り花として年中栽培されるが、本来の花時は初夏五月である。

蛍草コップに飾る　それが愛

思いは一マスの空白に

「蛍草」を「ほたるぐさ」と読むと秋の露草を指すが、「ほたるそう」と読むと夏の山野に自生する「蛍柴胡《ほたるさいこ》」を指す。茎の高さが一メートルぐらいで黄色い小さな花をつける。

俳句で「愛」を語るってのは、実にこっぱずかしいことだが、地味な「蛍草」との取り合わせならば少し素直に心情を吐露できる。

八年間の遠距離再婚の末、やっと一緒に暮らし始めた夫に癌が見つかった。余生を楽しむためにまずは人間ドックに、と一緒に受けた検査でのことだった。

「良いにせよ悪いにせよ全てはなんとかなっていきます」という彼の淡々たる態度に、家族皆が支えられた。十日ほどの入院期間、ベッド上でパソコンを開いて仕事するもんだから、主治医の先生が回診の度に「お仕事中失礼します」と入ってくるのが可笑《おか》しかった。

「蛍草コップに飾る」ことも小さな愛。「それが愛」の前に空けた一マスの空白は、初老の妻のはにかみってヤツなんだな、これが。

季語を味わう

蛍草《ほたるそう》／植物・晩夏

「蛍柴胡」は傍題。

セリ科の多年草。日本各地の日当たりのよい山野の林中や草地などに自生する。高さは一メートルほどで、茎の先端に複散形の花序を伸ばし、黄色い小さな花をつける。根は解熱剤にする。

相済みませんと百日紅ゆれる

忘れても一句、謝っても一句

ガラケーというものしか持っていない。世間の皆様が小さな画面を覗き込み人差し指で操作するさまを横目で眺めることは多いが、その手のケイタイが欲しいと思ったことは一度もなく、使いこなせる自信もない。

そんなことを思いつつ車内を見渡す。昼下がりの車両には十数人の乗客。その全員がケイタイの画面を凝視している。車窓にはサルスベリの並木。フリルのような白い花紅い花が交互に植えられている。

別名は「百日紅《ひゃくじっこう》」。夏から初秋まで百日咲くというのがこの名の由来だ。紫がかった花もある。句帳を取り出す。

「これだけの百日紅って滅多にないですよ。そんなものばっかり覗いてるのは勿体《もったい》ないでしょ」とマネージャーという名の夫に声をかける。「貴方が忘れ物したから特急に乗り遅れたんですよ。時間までに現場に着けるか調べてます」との返答。相済みません、と頭を下げる。忘れたら忘れたで、謝ったら謝ったで一句できる。今日も良き日である。

季語を味わう

百日紅《さるすべり》／植物・仲夏

「百日紅《ひゃくじつこう》」「紫微《しび》」「怕痒樹《はくようじゅ》」「くすぐりの木」「白さるすべり」は傍題。

ピンクや白、紫などの花を、枝先に群がり咲かせる。花期の長さから百日紅、木の肌がすべすべしているのでさるすべりと言われる。

入浴券発売所

伊予の国の月と名付くる涼しさよ

庵に残す名前

「夏井いつき」という名で仕事をしているが、「夏井」は最初に結婚した時の姓。この姓で俳句の世界の某新人賞を頂き、活動を始めていたので、離婚しましたからとカンタンに姓を変え難かった。俳句の世界には俳号というシステムがあるので、これも俳号と思えばいいかと、そのまま使い続けてきた。

名の「いつき」は本名を平仮名書きしたもの。本名は漢字で「伊月」と書く。愛媛県の古い呼び名は伊予の国。その国の月のようにという名付けだったのだろう。名付け親は祖父。「伊月」は祖父の愛人の名だというまことしやかな一説もあるが、そんな噂も粋なものだと受け入れられる年齢となった。

先だって道後《どうご》湯月町《ゆづきちょう》に我が庵が完成した。俳都松山を訪れる皆さんに句会場として使って頂きたいという思いで建設した。庵の名は「伊月庵」と書いて「いげつあん」と読む。祖父の名付けをこんな形で残せることにささやかな喜びを感じる、六十一歳の夏である。

季語を味わう **涼し**／時候・三夏

「涼気《りょうき》」「涼味」「朝涼」「夕涼」「涼夜」「涼風」「灯涼し」「庭涼し」「影涼し」など傍題は多い。
暑い夏だからこそ求められる涼しさ。身体的感覚で感じられる涼気をいう。視覚や聴覚で敏感に感じとられる涼しさも含む。

AUTUMN

秋

はつあきの声とも樹々の拍動とも

伊月庵に訪れる秋

我が街松山。道後温泉本館の裏に廻ると、斜め右へ岐路が延びる。数十メートル歩くと左手に坂が見える。それが上人坂だ。かつてこの坂の両側には遊郭が建ち並んでいた。

上人坂の上にあるのが宝厳寺。時宗開祖一遍上人の生誕地だ。二〇一三年八月一〇日、宝厳寺は全焼した。所蔵されていた国の重要文化財「木造一遍上人立像」も焼失。ただ、境内にある大きな銀杏の木二本が山門への延焼を防いだ。当時本堂側の幹は無残に焼けただれていたが、現在は樹皮にかすかな痕跡を残すのみ。木という生き物の生命力に感嘆する。

この夏、宝厳寺の二軒手前に句会場伊月庵を建てた。設計は全て建築家河野克行さんにお任せした。私がお願いしたのは、桜と椿と秋の紅葉《こうよう》の美しい木を一本ずつ植えて欲しいとのみ。桜は俳句における三大季語「雪月花」のうちの一つ。椿は松山市の花。そして「紅葉」もまた挑みがいのある季語。河野さんは山法師の木を選んでくれた。ひそかな秋の訪れを楽しむ。

季語を味わう

初秋《はつあき》／時候・初秋

「初秋《しょしゅう》」「新秋」「首秋」「上秋」「孟秋」「早秋」「秋浅し」「秋初め」「秋口」など傍題は多い。

秋のはじめで、おおよそ八月にあたり、残暑の頃となる。日中はまだ暑いが、ふと秋の訪れを感じるようになる。

爽やかに集うよ高らかに歌うよ

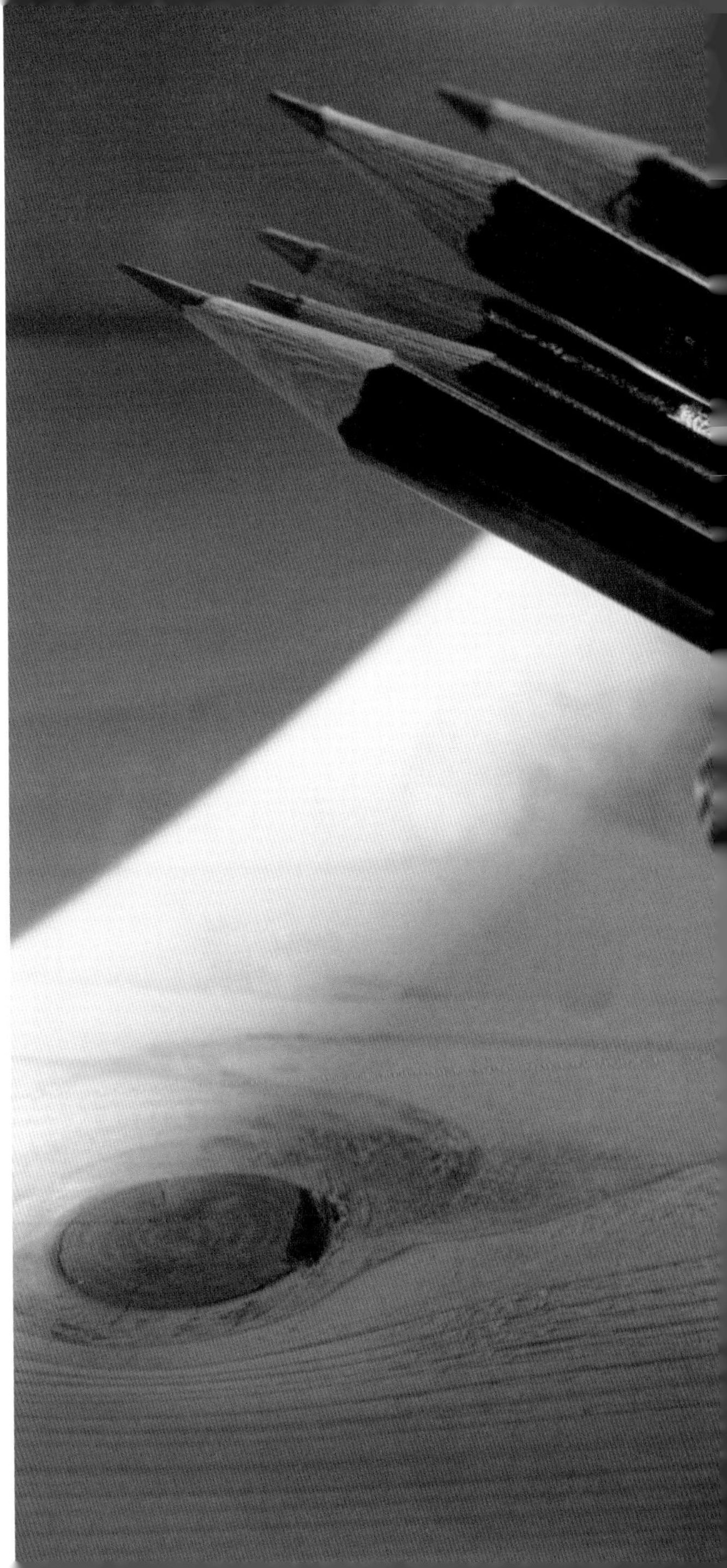

広がり繋ぐ句友の輪

俳句仲間と伊予の国松山の伊月庵を訪ねて下さる方々が少しずつ増えてきた。たまたま庵にいれば、私も皆さんにご挨拶する。「伊月庵で句会をするのが夢だったんです」なんて言われると嬉しくなる。

庵は二〇人ぐらいが座れるほどの広さしかないのだが、「いえいえ大丈夫」と二五、六人ギューギュー詰めで句会をする人たちもいる。まさに膝と膝をつき合わせての句会は、それなりに濃密な時間となるようだ。庵から溢れてくる笑い声が嬉しい。

訪れる人たちが居心地よく句会ができるよう、伊月庵の庵守を買って出てくれた男がいる。俳号は南行ひかる。愛称ひかるん。桜の木に水をやり、掃除をし、短冊や清記《せいき》・選句用紙などを準備してくれる。ひかるんは、夜になるとアマチュアジャズシンガーにもなる、今やちょっとした中年のアイドルだ。句を詠みジャズを歌い、人生を謳歌する。ひかるんが繋いでくれる句友の輪もまた嬉しい。

季語を味わう **爽やか**／時候●三秋

「爽やぐ」「さやけし」「さやか」「爽気《そうき》」「秋爽《しゅうそう》」「爽涼《そうりょう》」は傍題。

さっぱりして気分のよいさま、気持ちよくすがすがしいさま。秋の大気のように晴れ晴れとした気分をいい、実像のない主観的な趣。

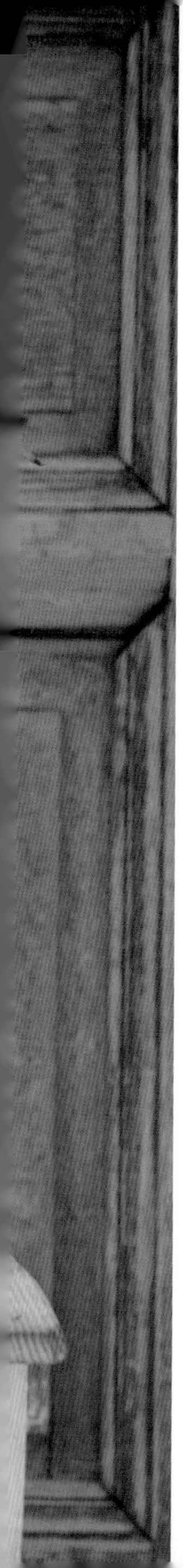

流れ星だったか馬の夢だったか

シャガールの夢

生涯最も貧乏だったのは、シングルマザー時代。子ども二人と脳腫瘍の実母を抱えてのアパート暮らし。その一間をほぼ占領していたのが原稿を書くための大机。ただでさえ狭い部屋を尚更狭くしていたのは、その机に無理やり立て掛けた大きな額だった。

縦九〇センチ横一二五センチの額に入っているのは銅版画。パリのオペラ座で上演された「ロミオとジュリエット」のポスターだ。左上には「PARIS」の文字。左下には凱旋門やパリの街並。中央には抱き合った男女、背後には馬と鳥と空。作者はシャガールだ。ポスターとはいえ、当時の価格で六〇万円した。飾れもしない大版画、稼ぎに合わない価格、収入を睨んで組んだ長期ローン。自分でも「バッカじゃないか」と思ったが、シャガールには珍しい明るい緑色から目を離すことができなかった。これが飾れる白い壁のある家にいつか必ず住むのだと、自分に言い聞かせた。

夢が夢であった頃の忘れがたい一枚の版画。

季語を味わう **流れ星**／天文・三秋

「流星」「夜這星」「星流る」「星飛ぶ」「星走る」は傍題。

宇宙塵が地球の大気に飛びこんで、摩擦によって発光する現象。燃え尽きないで地上に届いたものが隕石。定期的に流星群となって地球に降り注ぐものもある。

紳士たる夫よ熱き焼栗剥いてくれ

ちと笑い
ちと涙する

その番組の最初のオファーは「ほんの十分ほどのインタビューを」だった。十分で済むんならとお受けした。ところが、その後、追加取材をとの連絡。自宅のある「松山まで取材に」「近日開催される句会ライブにも」と話がどんどん広がり、果ては「再現ドラマを作りたい」と言い出す。完全に面食らう。

みのもんたさんが司会するその番組は、熟年遠距離再婚した夫（テレビCMプロデューサー）が、定年後、俳人の妻の付き人となった生活を追うドキュメンタリー。結婚によって人生が激変した夫婦を紹介する番組だった。まさか自分の人生に「再現ドラマ」という言葉が絡んでくるとは思わなかった。再現ドラマの世界は、嘘ではないけどくすぐったい美化もあり、ちと笑えた。ちと涙した。
街角で買った焼き栗が熱ければ剥いて貰う。ペットボトルの蓋も開けて貰う。料理も買い物も旅程の手配も全て夫まかせの日常がバレバレとなった今、ますます私は怯《ひる》まない。

季語を味わう **焼栗**／植物・晩秋

「栗」の傍題。他に「毬栗《いがぐり》」「山栗」「落栗」「栗飯」「ゆで栗」「栗山」「栗羊羹」「栗きんとん」など多数。果樹としても栽培され、栗の実は刺のある毬に包まれて大きくなる。美味で、様々な調理方法のそれぞれが季語の傍題となっている。

海からの霧に冷えゆく朝の指

霧に沈み込む四国

朝の便で東京経由青森に発つ日、松山空港が近づいてきたタクシーの窓。飛行場の向こうが白くけぶっているのに気づく。こんな時期にゲリラ豪雨？　などと思っているうちに、みるみる視界が白くなる。海から霧が押し寄せているらしい。出発ロビーからは滑走路すら見えない。離陸を待つ機体が霧の中にうっすら浮かんでいるのみだ。「濃霧のため着陸できず」と欠航のお知らせが次々にアナウンスされる。松山上空を旋回し、霧の隙間をついて着陸を試みた東京からの便も「安全の確保ができない」と着陸を断念したらしい。

こんなことに出くわす度に、我が四国はつくづく島なのだと思う。秋の季語「霧」にすっぽりと沈み込んだ四国のカタチを思う。真ん中にある石鎚《いしづち》山頂だけが霧の海の中、小さな島のように浮かんでいるに違いない。

出発ロビーの全面硝子が霧に冷えてくる。ますます濃くなる霧をうっとりと眺める。喧噪の中の静けさに佇む、秋のある朝の光景。

季語を味わう

霧／天文・三秋

「朝霧」「夕霧」「夜霧」「濃霧」「霧の海」「霧の谷」「霧の帳《とばり》」「霧の香」「霧雨」など傍題が多い。

空気中に含まれる水蒸気が、気温が下がって地表や水面の近くで凝結して、小さな水滴となって一面に立ちこめ視界を悪くする現象。

WINTER

冬

初冬の青空のごと決断す

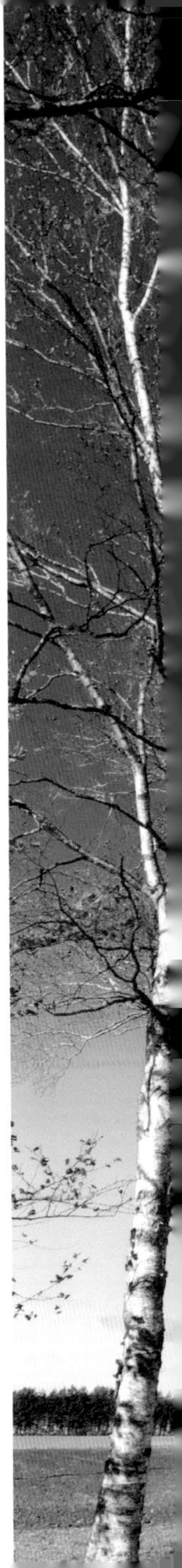

堂々たる米寿の主張

運転をしなくなってもう十年以上経つ。最初のきっかけは更年期の体調不良から。車窓に動く景色に目眩《めまい》がし、急な発汗や動悸に困惑し、いきなり自分の体だけが床下へめりこんでいくような感覚に驚き、嗚呼《ああ》これはしばらく運転はしないほうがよいと決めた。

不便は不便だが、いずれ症状が治まればと自分に言い聞かせつつ、気がついてみれば思わぬ年数が過ぎていた。

八十歳の軽トラエンスト冬の暮

先だっての句会ライブでの一句。会場からは「さぞ途方にくれたことでしょう」と作者を思いやる発言が続いたが、次にマイクを握った男性の「もう、やめれ！」という発言に、何事か⁉　と緊張が走る。「八十過ぎたら免許は返納じゃ。己のためにも他人様のためにも、すっぱり運転はやめれ。わしゃ八十八じゃ、昨日免許を返納してきた！」

一瞬のぽかんとした空白の後の大爆笑。堂々たる米寿の主張に、会場からは大きな大きな拍手の波。

季語を味わう　**初冬《はつふゆ》**／時候・初冬

「初冬《しょとう》」「上冬」「孟冬」「冬の始め」は傍題。

冬を、初冬・仲冬・晩冬の三期に分けた初めの冬のことで、おおよそ十一月にあたる。木枯し一号が吹き、木々が落葉をはじめ、吐く息も白くなって、冬の訪れを感じる頃。

これは時雨ですかとささやかれてゐる

雨を時雨と呼んでみる

雨の美しさに心動かすようになったのは、やはり俳句を始めてからかもしれない。降ったりやんだりする雨を「時雨」と呼び、それが初冬の季語だと知った日、ずっとその雨を眺めていたいと思うほど静かな感動を覚えた。時折り降る雨だから「時雨」だろうか。「しぐれ」という響きにうっとりとした。

季語には、傍題《ぼうだい》と呼ばれる付属的季語がある。「時雨」の傍題も表情豊かだ。例えば、いつ降るかを表現する傍題に「朝時雨」「夕時雨」「小夜《さよ》時雨」がある。どんなふうに降るかを表現する傍題もある。「横時雨」は、横なぐりに降る雨。青空もあるのに一所だけ降っているのが「片時雨」。時雨を降らせる雲を「時雨雲」、降りそうな空模様を「時雨心地」、時雨の冷たさによって草木が色づく様子を「時雨の色」と呼ぶ。
それまではただの雨だったのに、それらの名を知ってから色や表情が違って見え始める。まずは今日の雨を時雨と呼んでみよう。そこから世界は変わり始める。

季語を味わう

時雨／天文・初冬

「朝時雨」「夕時雨」「小夜時雨」「村時雨」「時雨雲」「時雨傘」「時雨心地」「袖の時雨」など傍題は多い。

冬の初めに降る通り雨。山がちの地域で多く見られる、冷気を伴う天候の変化で、降る時間は短い。古来多く詠まれてきた。

家系図の端っこに冬すみれ咲け

広がっていく家系図

熟年再婚した夫の娘イクちゃんと中学生の孫リクが、私たちの住む四国松山に遊びに来てくれた。初めて会う二人は幾分緊張した顔で到着ロビーに現れた。「何食べたい?」「うどん」「どこ行きたい?」「温泉」「地味な好みやな」と大笑いして二人の緊張はほぐれた。

我が家から歩いて十分の温泉に四人で行く。リクは「記憶のある中で、会うのは二度目」だという祖父と男湯に入っていく。私とイクちゃんは「あの二人、何話すんやろ」と笑いつつ、源泉かけ流しで長湯。お互いの人生やら生活やらおしゃべりの種は尽きない。

熟年再婚の親類関係は実に複雑だから、夕飯を食べつつ家系図もどきを書いて説明する。リクを中心にどんどん図が広がり、紙の端っこのあたりになって、私の妹の夫はユダヤ系アメリカ人でチャイコフスキー国際コンクール優勝のチェリストだと言ったら、リクが「俺の身内はどこまで広がるんやッ！」と笑い出した。それもまた楽しからずや、だ。

季語を味わう

冬菫／植物・晩冬

「冬の菫」「寒菫」は傍題。特定の品種をさすのではなく、春に先駆けて咲く菫を言う。山路の日溜まりや、畑の隅、庭園の庭石周辺のあたたかい日向に見かける、冬枯れの中の菫。小ぶりではあるが、健気に咲く可憐な花に、心がひかれる。

冬鵙や川はあかるき朝の音

吟行という
ウォーキング

東京の収録を終えた夜、マネージャーという名の夫が「明日は横浜にもう一泊して美味しい中華料理を食べます」という。「お、いいですね！　吟行もしましょう」「目眩《めまい》専門医を予約してあるので、そこへ行きます」と。

実は、私は目眩持ちで、朝起きると天井が回って立ち上がれないことがある。常に薬は持ち歩いているが「とにかく一度専門医に」と、中華料理をエサに連れて行かれた。

専門医たる人物はマスクの上に大きなギョロ目を覗かせ「薬では治らない！」と言い放った。①朝夕三〇分の早歩き散歩。②目眩再発予防体操。③枕をもっと高くする。「この三つを絶対に守れ！」と、ギョロリ凄まれた。

仕事の性格上、朝夕必ずは無理がある。いっそウォーキングマシンを買おうかと思ったが、夫が散歩に付き合ってくれるというので歩き始めた。散歩は定点観測吟行だ。土手を歩く、石蕗《つわぶき》が咲いてた、初時雨《はつしぐれ》に会った、冬の鵙《もず》が猛《たけ》る。豊かな二人の時間が動き出した。

季語を味わう　**冬鵙**／動物・三冬

「冬の鵙」の傍題。他の傍題に「寒の鵙」。秋に平野に降りてきて、縄張り争いで猛々しく鳴く鵙だが、争いも終わった冬の鵙はおとなしい。裸木の梢に、音無しの構えで胸を張って止まる姿は印象的。

音といふおと雪となるしづかな音

雪の音聴きしめくくる年

二〇一七年は出版ラッシュだった。特に、性格の違う複数の本を同時刊行する企画は実に面白そうに思えたが、実際やってみると脳が三つに分かれて沸騰した。スリリングだった。

そのうちの一冊『夏井いつきの「雪」の歳時記』（世界文化社）は、三大季語の一つ「雪」の情報のみで構成する歳時記だ。「雪」に続いて「花」「時鳥《ほととぎす》」「月」に特化した歳時記を続けて刊行する。想像しただけで楽しい。脳がワクワクする。

もう一冊は啓発本という変わり種。題して『寝る前に読む一句、二句。』（ワニブックス）。俳句を味わいつつ人生観を語り合う趣向だが、対談の相手は、性格が水と油の我が妹ローゼン千津。底抜けにケーハクなケイハツ本となった。

この本に推薦の言葉を書いてくれたのが、梅沢富美男さん。「寝る前に絶対読むな！　断言する。もれなく続きが気になって眠れなくなるぞ。僕がそうだった」。最大限の誉め言葉に爆笑しつつ、振り返れば最高の一年であったと、感謝の気持ちで聴く雪の音しきり。

季語を味わう　雪／天文・晩冬

「六花」「雪片」「粉雪」「細雪」「雪空」「雪の声」「雪月夜」「雪晴」「雪景色」「雪国」など傍題は多い。「雪」は、「月」「花」と並んで日本の美の代表。古来日本人は、天上からの白く冷たい雪に美を見、また人智を超える現象として愛でてきた。

花鳥も月日も大年の遊び

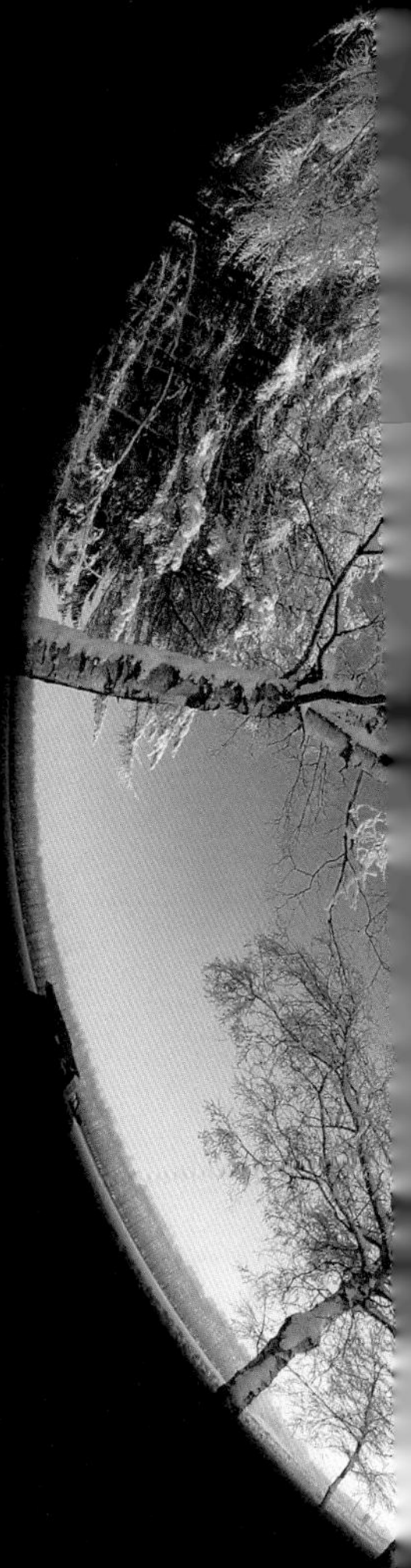

人生を支えるぬちぐすい

佳《よ》い句に出会うと、清々しい空気が肺に満ちてくる。己の体をめぐる血が奇麗になるような気がする。辛いこと切ないことに出くわしても、その出来事や感情を俳句にして吐き出せば、また一歩歩き出せそうな気がする。

腸《はらわた》が煮えくり返るような憤りや怒りを、我が身に溜めていては、そこから何かが腐り始める。自分の心と体を清く保ちたいという思いを、俳句は支えてくれるのだと感じる。

「組長にとって俳句は『ぬちぐすい』やね」、と俳句集団「いつき組」組員であり、福岡在住の酒場俳人理酔《りすい》くんがこんな言葉を教えてくれた。「命薬」と書いて「ぬちぐすい」と読む。美味しいものを食べる、誰かの言葉が心にあったかく伝わる、自然の景物や動植物の表情に心癒やされる。心の薬となるもの全てをこう呼ぶのだという。俳句はまさに命薬だ。疾風怒濤《しっぷうどとう》の日々、俳句は杖となり薬となり我が人生を支えてくれた。俳句を始めて四〇回目の年が今、豊かに静かに暮れてゆく。

季語を味わう

大年《おおどし》／時候・仲冬

「大晦日」の傍題。他に「大晦日《おおつごもり》」「大三十日」「大歳」「除日」。

十二月三十一日のことを、「大晦日」「大三十日」「大年」という。元日を控えた一年最後の日で、何かとせわしない日である。寺社では初詣の人を迎える準備をととのえる。

荒星のみな鳴りさうな夜の耳

令和最初の年の暮

令和最初の年の暮が近づく。何もかもが「令和最初の」と枕詞がつく八カ月であった。令和元年初日、私たちは日比谷公園内松本楼にて『おうちde俳句大賞』表彰式に集っていた。心温まる時間であった。五月十三日私は令和最初の誕生日を迎えた。六十二歳になった。八月十七日・十八日は令和最初の俳句甲子園が開催された。令和最初の優勝は弘前高校。優勝旗は初めて東北へ渡った。ウチの目高は令和最初の大量孵化にて子孫を増やし、我が庵の桜は令和最初の紅葉を迎えた。

令和最初の大晦日の夜、私たちは俳句仲間の白道和尚の寺に集う。皆で除夜の鐘を撞く。災害の地にある人たちを思い、障害のある友を思い、介護の日々を送る仲間を思い、鐘を撞く。

冷え切った夜空は美しい。尖るようにひかる荒星《あらぼし》も美しい。生きるということも美しい。私たちはその日々を俳句にする。そこには祈りとよろこびがある。その豊かさを共にする仲間がいる。佳き人生である。

季語を味わう　**荒星**／天文・三冬

「冬の星」の傍題。他に「冬星」「寒星」「凍星」「冬銀河」「冬星座」「星冴ゆ」「冬の太白」。

霜が降り凩《こがらし》が吹く冬に、防寒具をまとって見あげる冬の星は、冴え冴えとしていて寒光に鋭さが増したように感じられる。

NEW YEAR

新年

金将

あらたまのこむらがへりでありにけり

得した気分になる俳句

「俳人にとって生憎《あいにく》のお天気はない」とはよく言われる言葉だ。例えば中秋の名月のその夜、雲に隠れて月が見えなければ「無月《むげつ》」、雨が降れば「雨月《うげつ》」と名付けて、その季語の情趣を楽しむ。正月三が日に降る生憎の雨も、俳人たちは「お降《さが》り」と呼んで楽しむ。淑気《しゅくき》に満ちた雨の美しさを喜ぶ。

俳句を作り始めると、精神構造が少しずつ変わってくる。何が起こっても何に遭遇しても、ひとまずそれを肯定する。起こってしまったことはしょうがない。転んでしまった事実は変わらない。ならばそれを一句にして立ち上がれば、ちょっと得した気分になる。

還暦を過ぎて、やたらに足が引き攣《つ》る。深夜に起こる。うぐあ〜と七転八倒しつつ、「こむらがえり」は六音やなと思う。傍らの夫が起き上がり徐《おもむろ》に「こむら返りには芍薬甘草湯《しゃくやくかんぞうとう》です」と言う。こむら返りの足先をぐーっと内側に押してくれつつ「年明けましたね」と言う。これもまた、日々是《ひびこれ》「肯《こう》」日《じつ》の一年の始まりである。

季語を味わう

新玉の／時候・新年

「新年」の傍題。他に「あらたまの年」「年新た」「初年《はつどし》」「年立つ」「年改まる」「年の始」など。「あらたまの」は「年」「月」「日」「春」などにかかる枕詞であったが、「あらたま」だけで「新年」の意味に使われるようになった。

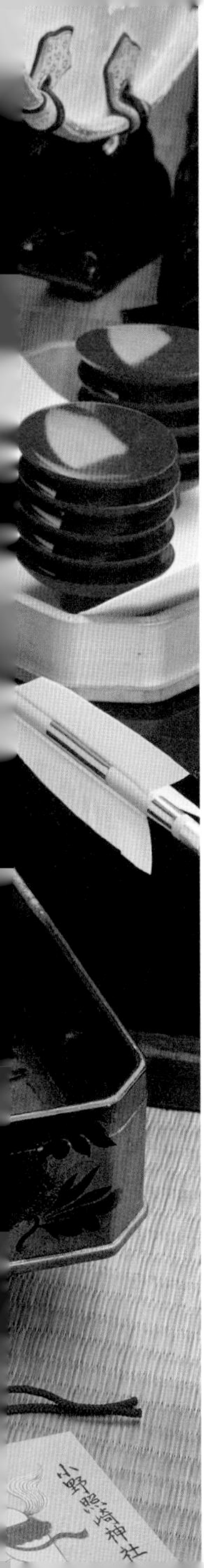

お降りや壺に緋いろの鳥しづか

家内安全
小野照崎神

新年の季語の粋と雅

「お降り」という季語がある。「おさがり」と読む。俳句を始めた頃、上の子のお古を下の子に回すのも季語になるのか？と驚いたが、意味が全く違うことを知ってまた驚いた。「お降り」とは、正月三が日に降る雨や雪を指す。正月早々の「降《ふ》る」は縁起が悪いとして考えられた忌み詞《ことば》の一つだそうな。

新年の季語には、目出度く言い直すものも多い。「嫁《よめ》が君《きみ》」は鼠のこと。「稲積《いねつ》む」は寝込むに通じる「寝る」を言い換えた詞。お正月ですが少々稲積ませていただきますなんて、雅《みやび》にして粋な言語文化ではないか。

私の住む四国松山は、めったに雪が降らない。正月の「お降り」は雨であることがほとんどだ。我が伊月庵の向かいは伊佐《いさ》爾波《にわ》神社。森の灯明が葉末に見える明け方、静かな雨の気配に気づく。お降りで迎える元日の朝もまた清々しい。伊佐爾波神社の切り立つような凸凹の石段が黒く濡れている。巫女の緋袴がひらひらと上っていく、そのさまも美しい。

季語を味わう **御降《おさが》り**／天文・新年

傍題は「富正月《とみしょうがつ》」。

主として元日に降る雨や雪のことで、三が日の間も用いる。雨は涙を連想させ、「ふる」は「古」にもつながることから正月の忌み詞とされ「御降り」と言い換えた。めでたい新年に天から降ってくる心の華やぎも含む。

写真協力

春

○ミヤジシンゴ／アフロ（P10）
○アフロ（P14）
○立川明彦／アフロ（P18）
○StockFood／アフロ（P22）
○Photoshot／アフロ（カバー、P26）
○アフロ（P30）
○竹林 修／アフロ（P34）
○熊谷公一／アフロ（P38）
○アフロ（P42）

夏

○神津一郎／アフロ（P48）
○阿部高嗣／アフロ（P52）
○田中正秋／アフロ（P56）
○Yasuki Nakajima／アフロ（P60）
○アフロ（P64）
○ケイエスティクリエイションズ／アフロ（P68）
○小野里隆夫／アフロ（P72）
○高橋 充／アフロ（P76）
○諸角寿一／アフロ（P80）
○椿 雅人／アフロ（P84）
○アフロ（P88）
○小宮山隆司／アフロ（P92）
○実田謙一／アフロ（P96）

秋

○松尾 純／アフロ（P102）
○土井 武／アフロ（P106）
○living4media／アフロ（P110）
○StockFood／アフロ（P114）
○wataroute／アフロ（P118）

冬

○田中正秋／アフロ（P124）
○wataroute／アフロ（P128）
○アフロ（P132）
○河野志郎／アフロ（P136）
○秋山正男／アフロ（P140）
○矢部志朗／アフロ（P144）
○片岡 巌／アフロ（P148）

新年

○アフロ（P154）
○原田 崇／アフロ（P158）

参考文献

○『カラー版 新日本大歳時記 春』
飯田龍太・稲畑汀子・金子兜太・沢木欣一 講談社（2000年）

○『カラー版 新日本大歳時記 夏』
飯田龍太・稲畑汀子・金子兜太・沢木欣一 講談社（2000年）

○『カラー版 新日本大歳時記 秋』
飯田龍太・稲畑汀子・金子兜太・沢木欣一 講談社（1999年）

○『カラー版 新日本大歳時記 冬』
飯田龍太・稲畑汀子・金子兜太・沢木欣一 講談社（1999年）

○『カラー版 新日本大歳時記 新年』
飯田龍太・稲畑汀子・金子兜太・沢木欣一 講談社（2000年）

○『角川俳句大歳時記 春』角川学芸出版（2006年）

○『角川俳句大歳時記 夏』角川学芸出版（2006年）

○『角川俳句大歳時記 秋』角川学芸出版（2006年）

○『角川俳句大歳時記 冬』角川学芸出版（2006年）

○『角川俳句大歳時記 新年』角川学芸出版（2006年）

夏井いつき（なつい・いつき）

昭和32年生まれ。松山市在住。

8年間の中学校国語教諭経験の後、俳人へ転身。「第8回俳壇賞」受賞。俳句集団「いつき組」組長。創作活動に加え、俳句の授業〈句会ライブ〉、「俳句甲子園」の創設にも携わるなど幅広く活動中。TBS系「プレバト!!」俳句コーナー出演などテレビ、ラジオでも活躍。松山市公式俳句サイト「俳句ポスト365」、朝日新聞愛媛俳壇、愛媛新聞日曜版小中学生俳句欄、各選者。平成27年より初代俳都松山大使。

『句集 伊月集 龍』（朝日出版社）、『夏井いつきの「月」の歳時記』（世界文化社）、『NHK俳句 夏井いつきの季語道場』（NHK出版）、『夏井いつきのおウチde俳句』（朝日出版社）、『子規365日』（朝日新聞出版）、『2020年版 夏井いつきの365日季語手帖』（レゾンクリエイト）など著書多数。

ブックデザイン　krran（西垂水敦・市川さつき）
編集協力　夏井&カンパニー（伊藤久乃・篠崎ふみ・八塚秀美）

初出誌：月刊『清流』
期間：2017年1月号～2019年12月号
連載名：日々是「肯」日
本書は、上記連載に加筆・修正をしたものです。

夏井いつきの 日《ひ》々《び》是《これ》「肯《こう》」日《じつ》

2020年5月24日　初版第1刷発行
2024年2月14日　初版第4刷発行

著者　夏井いつき

発行者　松原淑子
発行所　清流出版株式会社
〒101-0051
東京都千代田区神田神保町3-7-1
電話　03-3288-5405
ホームページ　http://www.seiryupub.co.jp/
編集担当　秋篠貴子
印刷・製本　シナノパブリッシングプレス

乱丁・落丁本はお取替えいたします。

ISBN978-4-86029-494-6

本書をお読みになった感想を、QRコード、URLからお寄せください。
https://pro.form-mailer.jp/fms/91270fd3254235